句集

煙

正津勉

参

壱

煙　其の一

女

壺焼を啜る女や宿酔

女偏みな疎ましや孕猫

鼻に汗詫びる女の嘘ッ八

蟷螂や女刃を秘す絵図

虎落笛ねめる女にただ土下座

酒

花は酒おなごはいらんお引き取り

冷酒の喉を下りて沁む五臓

またドボン泥酔蛙またドボン
夜は長き天下御免飲め飲み干せ
行く年も酒で逝かず仕舞ひ酒

煙　其の二

除夜

想ふ人訪はぬ間に去り年の暮

喪中とか頃よく逝くは祝ふべし

去る年の深手忘れん来ん年も

去年今年バカはバカ万物流転《パンタ・レイ》

元朝

年はじめ生き恥がまた歳かさね
歳かさね迎えん春も飲むばかし

飲むばかしはひふへべれけ正月

正月五臓六腑酔弱

煙　其の三

お陀仏

春おぼろ認知症急いよよ我
春の沼かっぱかっぽれ恋の宴
惜しまれてお陀仏すべえ花ふぶき

春の海崖に沖向く流人墓

老骨嗤ふ

寺娘火に焼き燻る大百足

蟻地獄砂掻き足掻く蟻ぱくり

安アロハ立ちん嬢とラブホ街
シャワー浴び老骨嗤ふ人体図

煙　其の四

サザエさん

孑孑《ぼうふら》よいとしけなげな同胞《はらから》よ
天高しキャバ嬢の生欠伸
秋刀魚焼く昭和元気のサザエさん

イモくってプーもうひとつおまけにプー
　　デコ坊よ
蒲団出よしわのばしよろし小春日ぞ
銭はある熱燗点けなデコ坊よ

金繰りに走りくたぶれ師走尽
去年今年ぐでんぐでんや酔生夢死

煙　其の五

愛技

言祝げよ蛆が変じて蠅生る
春一番よめご死んだぜ俺自由
春の宵ゴリ太ゴリ江の愛の技

猫の恋むっつりむくれ雌に爪

牧水

炎天下路傍の牧水草鞋結ふ

牧《ぼく》さんよ古酒このんで飲《や》るのかの

牧さんよ新酒もよし飲つてけれ
隙間風厠の牧氏痔瘻病み

煙　其の六

すっからかん

如何とも懐寒し枯柳
通帳すっからかんのかん師走
日々喰うに事欠く何を年用意

寝癖髪あたまがんがん虎落笛
年の瀬や思案投げ首すかしっぺ

よだれのおまけ

白髪に粉雪舞はせ酒買ひに
お残りの燗ざまし火なし肴なし

水洟によだれのおまけ二日酔
去年今年しようことなし一升瓶
凩にわれ吹かれおり瓶のごと

煙　其の七

四の五の

春寒し馬鹿面提げて金策に
梅雨闇にしよう何もなく日中酒
冷《ひや》で飲《い》きやしようや四の五のいはず

アカトンボなんやあかんわサヨウナラ

死の後の

死ぬまでは生きるほか無いひがん花

墓参りカタカタカタカタと骨壺が

燗で飲きやしようや死の後のいはず
カンガラスなくなわらふなサヨウナラ

煙　其の八

春彼岸

春彼岸酒瓶枕鼻提灯

逝く友十指に余る春塵

面憎く恋し人去り来る春

井の頭さくらひとごみ枯れ爺
催促か無いものは無い春眠

秋彼岸

秋彼岸認知機能日々不全
稲光り母の便りに切手なし

穴惑ひあたらあたふた喜寿
蔵の衆うめぇことしの濁り酒
流星よなにはともあれ金欲しや

煙　其の九

盃の花

花ふぶき酒に召されし兄ふたり

盃の花に歯皓し上の兄 *

花を敷き瓶を枕に下の兄 *

*稔雄（一九三三〜一九七二）

*金彌（一九四三〜一九九七）

数の外

のびのびの金繰りならず螻蛄おけら
夜あそびを懲りずまたまた夜なべとは
数の外とはわがことや秋の暮

弐

「ねじ式」

土用波メメクラゲ「真赤な　血が」
レール曲げる暑さ「隣村に　イシャが」
風鈴や着いた「アッ！　ここは　もとの村」

油照り医者探し「テッテ的」

入道雲「金太郎飴ビル」「産婦人科」

西日中息せき「先生！」「シリツ　をして」

丸裸女医のスパナ「○×方式」

高速艇爆走「このねじを　締めると」

春来たりなば冬遠からじ

なんたる

あたたかや面倒なるは御免なり
もろもろに面目なくも長閑やな
なんたるご面相なるか遅寝ざめ

いろはに

暮かねる何をか為さん生あくび
花ちらん身を焼く何も為さずうち
春ごたついろはにほ屁ッとほほくさ

寝たらく

豚交む玉の汗噴き人交む

夏旺ん「凋まぬ花《アスフォデロス》」女陰《ほと》熱し

暑気中り「小水便*」魔羅寒し

水まくらひとり寝たらくじようど

*小生、句筵俳号

滅亡徒

地球も命も軽しちんちろりん
きりぎりす地球は淋し迷ひ星
がちやがちや我は地球滅亡徒
へひりむし地球病むを賀するべし

糞垂れ

寒鴉糞垂れ嗤ふ阿呆馬鹿

どの墓も××家とある寒さかな

邪魔ゐぬしあわせひとり酒燗す

煤払ひわれらもろとも可燃ごみ

勉氏あゝ首吊らん

勉氏あゝ

酒瓶に鬼ども笑ふ寒鴉

水洟をずるずる勉氏まだらぼけ

貧に鈍きわまりあおぐ冬の虹

木の葉髪おんみさながら傘お化け
月凍るゆきかふだれもみな債鬼
借金さもあらばあれ頬被
年わすれ無き金はなき質ながれ
神頼みも空手形や懐手

首吊らん

正津勉歯眼魔羅全部不良品
催促状とにらめっこし年賀状
バカが風邪だって空咳ごほごほん
年越すに首廻らんらんけ首吊らん

寒雷に撲たれ光おる頭蓋骨

噓してなに言うもなし屁へへへへ

人らみな鬼を負ひせく暮はやし

算段は二進も三進も除夜の鐘

フライミートゥザムーン

花さけど巣籠り三年ひとり酒
春あしたポストに鍵をハイさらば
蛙鳴く郷の荒れ家に息絶ゆ母

はなふぶきさよならいいにきましたよ
春フライミートゥザムーン鳩サブレ
歩が金にとは夏の夜の夢の譜や
炎熱に骨無し腑抜け長嘆き
ぼうふらのうじゃうじゃとうらみごと

秋のけさ白髪疎らやがて禿

へひり虫なんじがゆめは何なるぞ

墓詣いずれみなさん北枕

へらへらとさんまはたかくそらおよぐ

カラオケの二人は昭和かれすすき

金が欲し切に直ぐ欲し年の暮

アアッ嗚呼アマビエ凧の糸切れん

初景色疫病《コロナ》猖獗街無人

新春蛮愚吟行駄句苦吟

故郷の廃家

餓鬼時分

初恋のちゃんちゃんこの金良枝《キムヤンジ》

卒業式つぶし稔あにぃ感化院

運動会ゐない秦くん白子病《しらこやみ》*

＊先天性白皮症、先天性色素欠乏症

囲炉裏跡

熊撃ちの夜這ひ話や芋煮ゆる
酒うまし芋のコロ煮またぬつぽう
にゃにゃ＊と熱燗舐めてヨシ爺や

＊にゃにゃ弁（石川県白峰村方言）

半壊酒蔵

破れ便器窓に昔の守宮様
蜘蛛の巣の梁暗く揺る電球
百足這ふ戸板を打ち泣く小児

名士消散

年の暮謎の死遂げたホイ神父

正月門に児を負ひ泣く偽乞食

蝮酒朝市に笑むマキ婆や

旧火葬場

雀の子鳴きつつ蛇の腹中へ

いずこへと薄羽蜉蝣おいでやら
うららかや人焼く煙ひとながれ

『裏日本的』

裏日本ふきぶりはげし素寒貧

＊

小浜大飯

お水送りお電気送り炉四基

敦賀白木

満月下もんじゅドームと産小屋と

三国雄島

夏潮の沖の長泣き海女の口笛《ふえ》

三国湊

朧月芝居がかりし土左衛門

奥越上穴馬

夜長ダム湖底に吼える九頭竜

奥越平泉寺

元気かのぅ冬期分校の洟垂れら

能登気多

花手向け黙す折口父子墓

能登金剛

雪積る廃寺社に猪狸

越中氷見

鱈喰らふたらふくわやくそ*喰らふ

越中立山

猪うめぇ腸の刺身うんめぇぇえ

*わやくそ ＝ めちゃくちゃ

北越親不知

霙降る波騒ぐ沖消ゆ鷗

北越柏崎

雪禍止む汽車中読む良寛

北越寺泊

貧も底なるわがあたま打つ霰

*

裏日本なんともならん木守柿

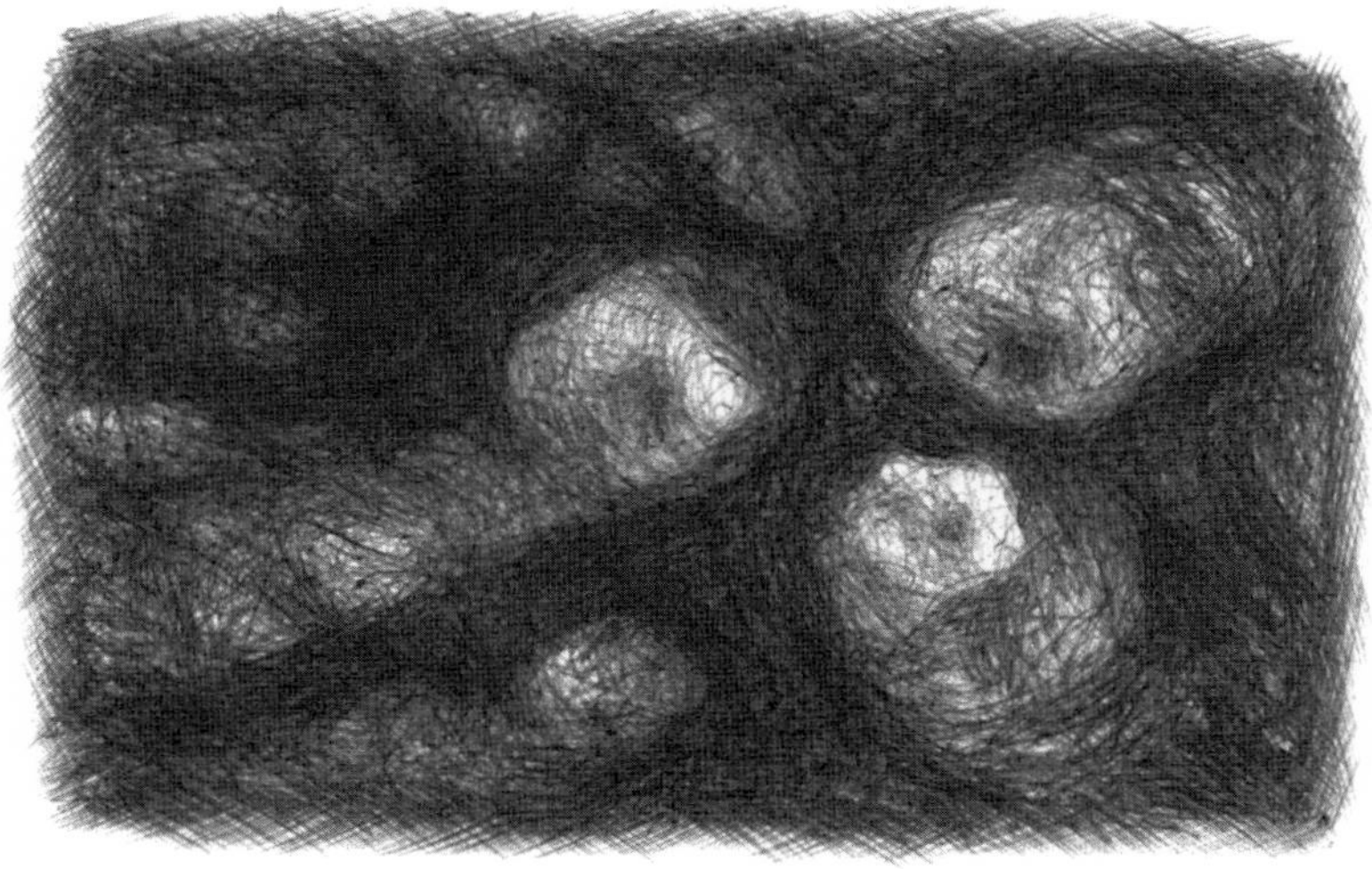

142

参

遊山風吟　三十四座

人事《ひとごと》はきれいさっぱり山笑ふ

＊

白山

夏空へガキら駆上がるへろへろへろへ

炎熱のしんと声なし木霊おーい

白峰

白峰にゃ湯上り酒にゃ石豆腐

白峰にゃかんこ踊りはてにゃ雪

別山

帰りなんいざ鮎ひかるみなかみへ

帰るところはそこしかない／自然の風景の始めであり終りである／ふるさとの山／……
／いつかきみが帰るところは／そこにしかない

鮎川信夫「山を想う」『難路行』

三ノ嶺

亡き兄と頂臨む夕の虹

経ヶ岳

風花がもう去れ思ひ振り切れと

いまはもういない遠戚の一つ年上のサッちゃん／わが山の娘ロザリアなる俤を瞼にし

「風花」『奥越奥話　十六の詩と断章』

荒島岳

滝壺へ十字を切り南無三と

行き暮れて深き淵より天の川

万策尽きた二進も三進も万事休す／高い尾根の端に消える最後の光

「さよなら、一六歳　一九六一年荒島岳遭難」『遊山』

＊

利尻山

夏の星天心を突く峰利尻《リ・シリ＊》

＊利尻、アイヌ語「リ・シリ」の音訳、高い島山の謂

トムラウシ山

夏疾くもう去るなれば啼け啼兎

サンパヤ　テレケ／……／二つの谷を越え三つの谷を越え／後へ逆飛び逆躍びしながら
／兄様のいる所へ来て／見ると誰もいない。／兄様の血だけがそこらに附いていた。

兎が自ら歌った謡「サンパヤ　テレケ」知里幸恵編訳『アイヌ神謡集』

岩木山

雪の湯で婆らとわいさでねさげっこ＊

＊わいさでねさげっこ＝羽目外し大酒宴

八甲田山

山サ行《エ》ても光バ一杯《ペ》ぽからぽから

早ぐ来てけれバいいって　長《ナ》げ冬の間　何時まンでも待《マ》だへだ春ァやっと来たがど思《モ》た

ら　さっさど行てまるンだがらなァ　うすちゃかしだンだべなァ

高木恭造「北国の春」

岩手山

炎昼下神の眼の眩み御釜湖面

月山

錦秋いまをきわみに凋落

安達太良山

濃霧突き即身仏の加護頼み

冬ざれに物の影なし沼ノ平

磐梯山

銅沼《あかぬま》の寒の陽に透く枯れ死木

*

那須岳

手足凍て虫の骸や三斗小屋

亡友とただ飲むばかり木菟ホー

日光白根山

秋霖の囁き優し弥陀ヶ池

榛名山

雪つぶて〈総括〉なる語唇ついて

＊

立山

分け入つて行く背は誰か雲の峰

劒岳

夕焼いま血のいろ曳きて劒反る

黒部五郎岳

雲海の渦はるか墜ち槍尖る

白馬岳

星空や地球に戦止む間なし

アメリカがアフガンを空爆……／アナウンサーが叫ぶテロップが流れる

雲ノ平

「星空」『遊山』

雲を抜く天上回廊に黙し居り

徳本峠

ゴマシジミつひに夢見た峠越え

＊

甲斐駒ガ岳

カタツムリどぎゃんすべぇアシタアメ

イワヒバリひらひらついとトブヨトブ

北岳

嵐過ぐいまごろいずこかの帽子

塩見岳

夕焼ぞそろそろ火酒ズブロッカ

聖岳

ホトトギスてっぺんまだかモウスグカ

＊

八ヶ岳

春浅し本沢の露天に首埋め

黒川鶏冠山

春駒や金山衆の神立《かみたて》よ＊

＊神立（万灯）

〽昔若いときゃ　黒川山で　夜も昼もと　金堀りしたが
〽武田亡びて　今日このごろは　しわくちゃ婆と　畑掘る

木遣り唄「弁慶」

大菩薩嶺

雪起し龍之助の剣笑ふ

笠取山

唇に受く多摩水源の滴りを

雲取山

山はじめ願ふ甘露の水たまえ

両神山

ポポッポポ木魚叩くツツドリ

ブョキョコ経典唱ふコノハズク

川苔山

ホタル舞ふズブロッカ酔ふバカ笑ふ

*

大峰山

雨激し中上《ナカガミ》健次霊と鯨飲す

石鎚山

五月闇「へんろう宿」の婆と寝る

三人とも、嬰児《あかご》のとき、この宿に放《ほ》つちよかれて行かれましたきに、この宿に泊つた客が棄てて行つたがです。いうたら棄児ですらあ。

井伏鱒二「へんろう宿」

九重山

艶なるやミヤマキリシマ濡れそぼり

祖母山

火取虫蝋に焼け飛ぶ避難小屋

蒸し暑し夢に貪る婆の乳

雲仙普賢岳

陽炎や狒狒尻爛れ溶岩よ

開聞岳

知覧視よ海の藻屑と消ゆ特攻機

開聞《かいもん》は圓《まど》かなる山とわたつみの中《なか》より直《ただ》に天《あめ》に聳えけれ

斎藤茂吉『のぼり路』

＊

来ん春はどの峰踏まん山眠る

後書

〈焼却炉内に2遺体〉1人は80歳男性　自殺の可能性

福井県大野市七板の旧火葬場の焼却炉内で7日、白骨化した2人の焼死体が見つかった。県警大野署の調べで、歯の治療痕などから1人は近くに住む無職の男性（80）と断定。もう1人は行方不明になっている男性の妻（82）とみて身元の確認を急いでいるが、同署は状況から自殺とみている。「毎日新聞」（二〇〇五・一一・九）

〈焼却炉内に2遺体〉。いったいなんで老夫婦がわけがわからない、へんなところで焼死体になりはてたものか。

ところでまずこの「旧火葬場」とはなにものやら？　わたしらの町部では公営火葬場で遺体が焼かれ、それぞれ寺内の先祖代々の墳墓に収まる。ごくあたりまえの埋葬のしかたである。だけど町中のそれと異なっていて、在のほうでは三十年ほど前までは集落ごとに「七板」と同様、地区の共同墓地に火葬場があり、ふつう一般にひろく使われていた。このことに関わって浮かんでくる。わたしらの町外れにあった中学校の近くにもそう、やっぱり火葬場があって、いつとなし空言のようにも授業中に煙がたなびく。ありゃきょうもお焼き揚がりなさるのうと。でこちらはよく馬鹿をこいていた。「うらがニヒルに世をはかなむようになった、そりゃ、あれやあの煙をみすぎたせいでないかのう」

——以上、表題は「煙」の由来。ついてはこの一件をめぐってさきに拙作をものしている。(「冬の旅」『奥越奥話　十六の詩と断章』アートアンドクラフツ　二〇二一)

＊

四十有余年。俳句、いや違った、訂正。いうならば俳句もどきだか。まがいをものしてきた。一九八〇年代初め朋友酒輩と句会「蛮愚」(註・小生の命名。その心は野蛮なる愚者の謂から。くわえてまた米俗語は〈ＢＡＮＧ！〉の語呂合わせをかねて)鋭意結成。いまなおつづいている。

ついては本集に収録するにいたった作の多くがもとはその句筵の産物なること。そしてそののち一聯になったところで、同人誌「ににん」と「ａ ｔｏｙ ｂｏｘ」の二誌上、これをありがたく発表させてもらった。してこの度、それらのなかから選び分けえたものに多く手を入れみなさんの目を汚すことにした、笑われたし。
謝辞。さいごにお手数をおかけしたかたがたにお礼申しあげたい。「蛮愚」「ににん」「ａ ｔｏｙ ｂｏｘ」諸氏。編集に携われた谷口鳥子さん、発売元を受けられた小島雄さん。叩頭。

正津　勉

正津 勉（しょうづ・べん） 1945年、福井県生まれ。詩人。
おもな著書に詩集『惨事』（国文社）、『正津勉詩集』（思潮社）、『奥越奥話』（アーツアンドクラフツ）。小説『笑いかわみ』、『河童芋銭』（河出書房新社）。評伝『忘れられた俳人 河東碧梧桐』（平凡社新書）、『山水の飄客前田普羅』（アーツアンドクラフツ）、『乞食路通』、『つげ義春』、『裏日本的』（作品社）など多数。

句集《くしゅう》　煙《けむり》
2024年1月31日第1版1刷発行

著者◆正津《しょうづ》　勉《べん》
編集◆谷口鳥子
装画◆木津直人
発行人◆小島雄
発行所◆有限会社 アーツアンドクラフツ
〒101-0051 東京都千代田区神田神保町 2-7-17
TEL03-6272-5207　http://www.webarts.co.jp/
印刷◆ポプルス

落丁・乱丁本はお取替えいたします。
ISBN978-4-908028-91-5 C0092